KB011276

아파트

그림 **명진**

대학에서 디자인을 공부하였습니다.
지금은 자유로운 창작 작업을 하면서 비주얼 중심의
그래픽과 그림책 공부를 겸하고 있습니다.
그린 책으로는 〈화가는 무엇을 그릴까요?〉,
〈1학년 스팀 수학〉 등이 있습니다.

아파트
Milk
글 고상한 그림책 연구소 | 그림 명진
★이 책은 세로로 보는 책입니다.
상상의집

민서는 큰 아파트로 이사 왔어요.
동생 현우가 태어났거든요.
민서에게도 방이 생겼어요.
아파트는 정말 크고 높아요.

소화전

"안녕하세요, 저는……."

엘리베이터 앞에서 사람들과 마주쳤어요.

민서가 인사를 하려 했지만

모두 바쁘게 우르르 지나갔어요.

아무도 민서가 이사 온 것을 모르지요.

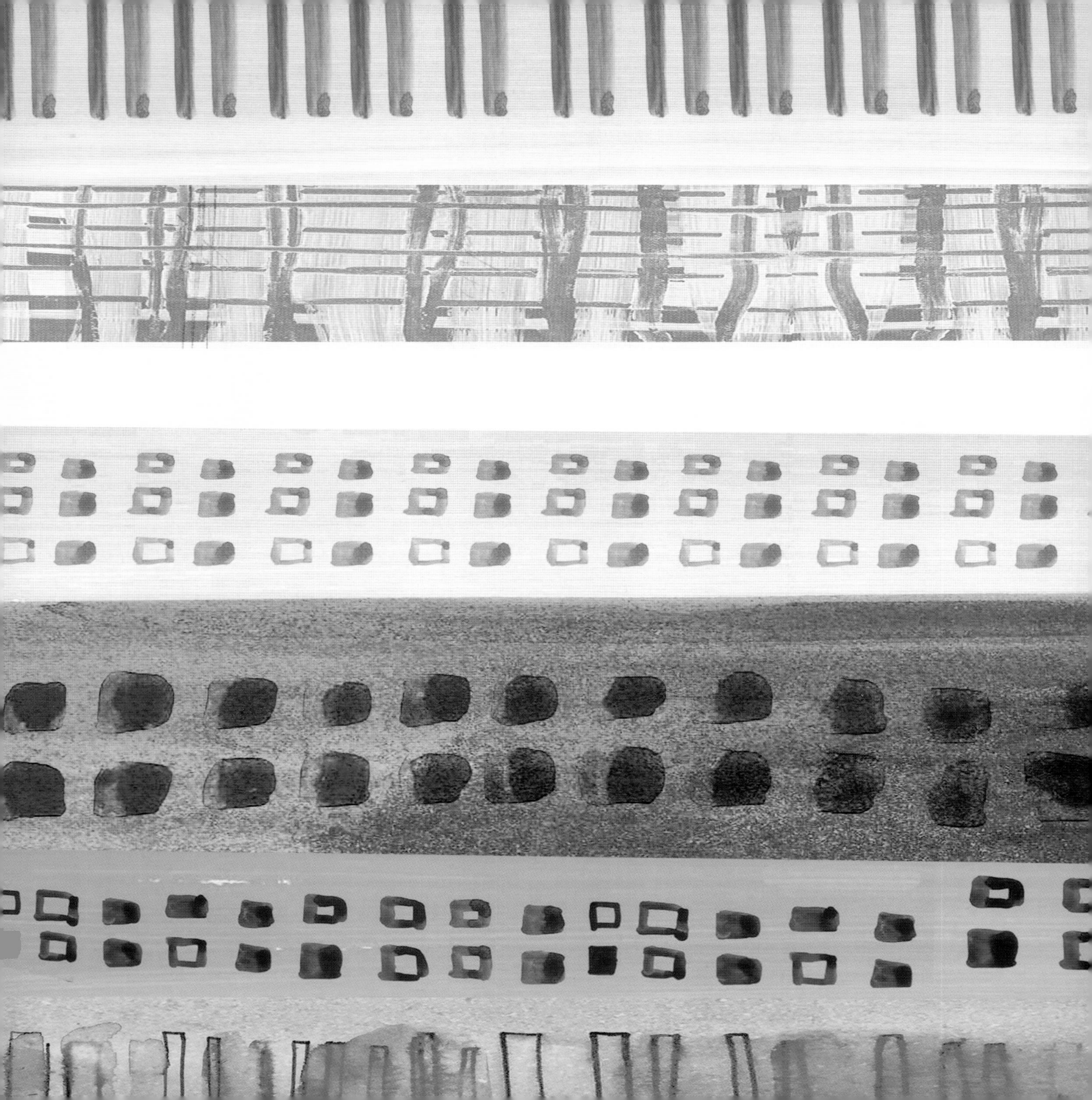

수많은 사람이 살지만
아무도 없는 것 같은 아파트예요.

틍

"아파트라서 층간 소음이 있나 봐.
윗집에 어린아이가 사는 걸까?"
민서 엄마가 우는 현우를 안고 천장을 쳐다보았어요.

“안녕하세요? 전 아랫집에 이사 온 민서예요.
퉁퉁 소리 때문에 동생이 울어서요.”
윗집 할머니는 고개를 갸웃거렸어요.
“우리 집에는 아이가 없단다.
혹시 우리 옆집에서 나는 소리인가?”

퉁
퉁
퉁
퉁

“우리 집 아이들은 지금 자고 있단다.
그러고 보니 나도 무슨 소리를 들었는데…….
아랫집은 가 봤니?”

퉁 퉁 퉁 퉁

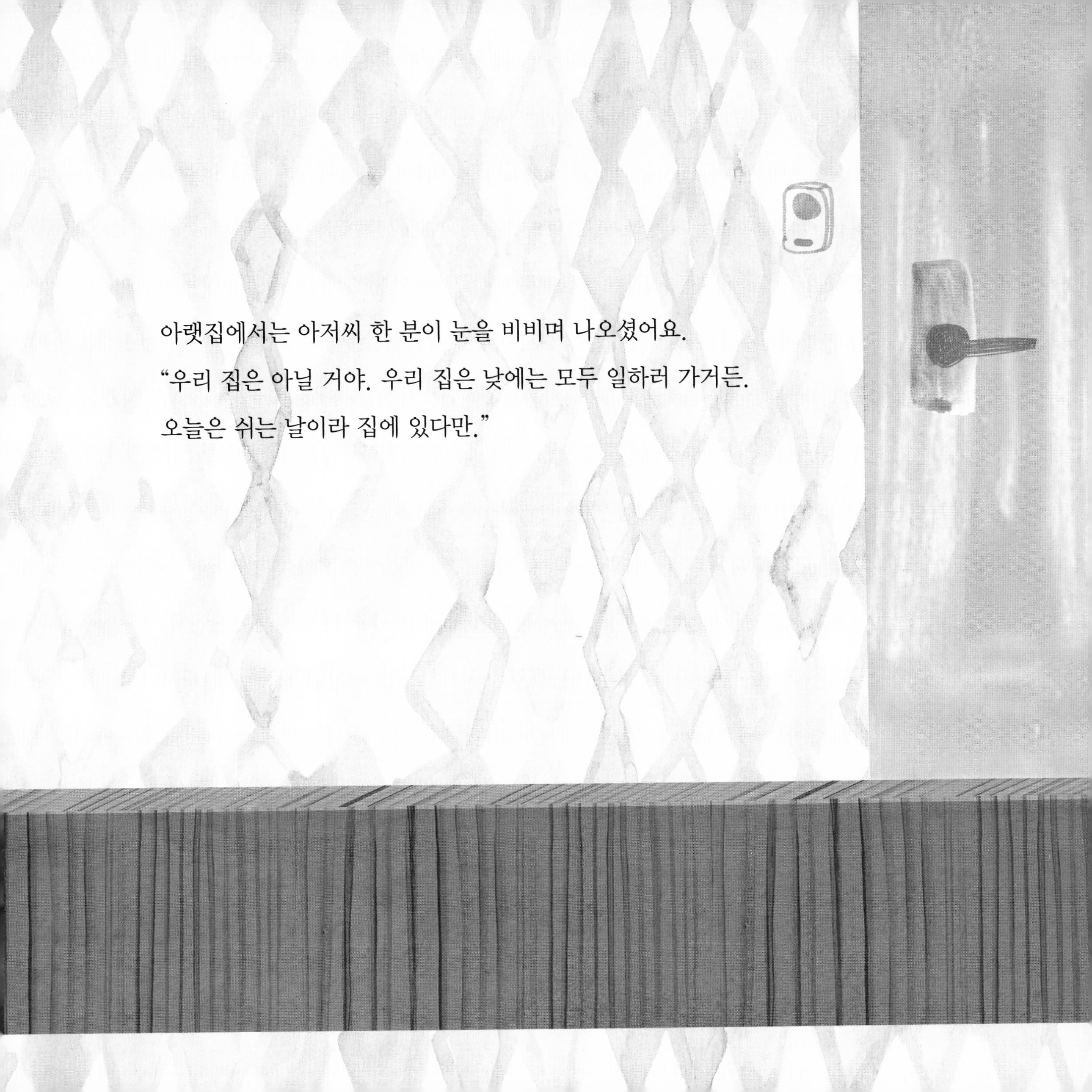

아랫집에서는 아저씨 한 분이 눈을 비비며 나오셨어요.

“우리 집은 아닐 거야. 우리 집은 낮에는 모두 일하러 가거든.

오늘은 쉬는 날이라 집에 있다만.”

틍~ 틍~ 틍~ 틍~

그때 또 소리가 났어요.

우리는 경비 아저씨에게 가 보기로 했어요.

경비실
순찰

"층간 소음인지 계속 신고가 들어와요."

경비 아저씨는 난처한 표정을 지었어요.

"요 근래 자주 소리가 나던데, 어느 집인지 모르겠어요."

경비실 앞을 지나가던 아주머니가 거드셨어요.

모두 둘러서서 그 소리에 대해 얘기했어요.
민서는 가운데서 눈만 굴리고 있었지요.
어른들의 목소리가 점점 커졌어요.

“아줌마네 집 아녀요?
그 집 애들 덩치도
크던데.”

“무슨 말씀이세요?
그 집이야말로
밤에 세탁기 돌리던데?”

“그러고 보니 장씨네는 맨날
분리수거 날짜 틀리더라?”
“여기서 분리수거가
왜 나옵니까?”

퉁 퉁 퉁 퉁

다시 한 번 소리가 났어요. 모두 고개를 들었지요.

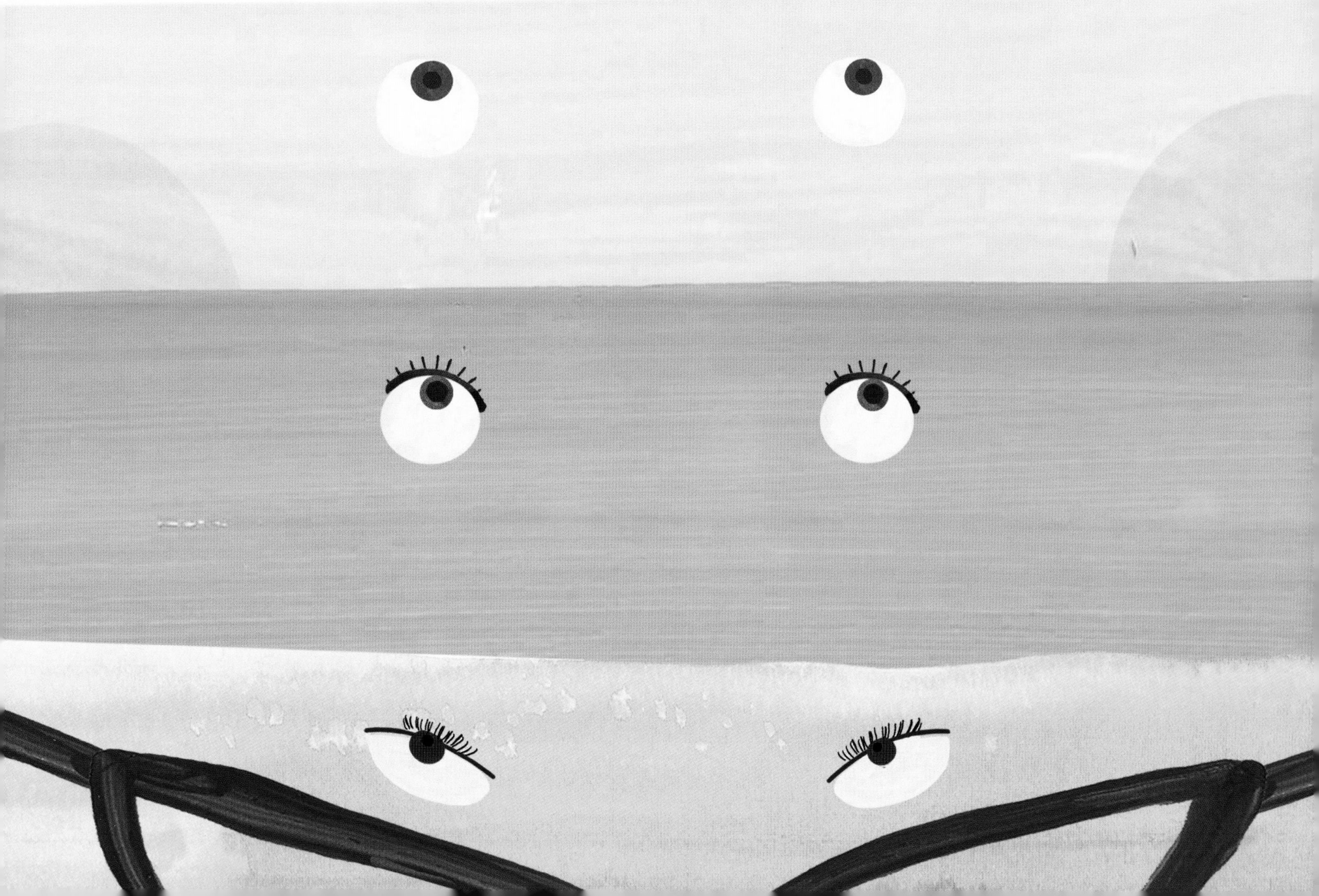

아파트 창에 새 그림자가 비쳤어요.

“가만……. 저건!”

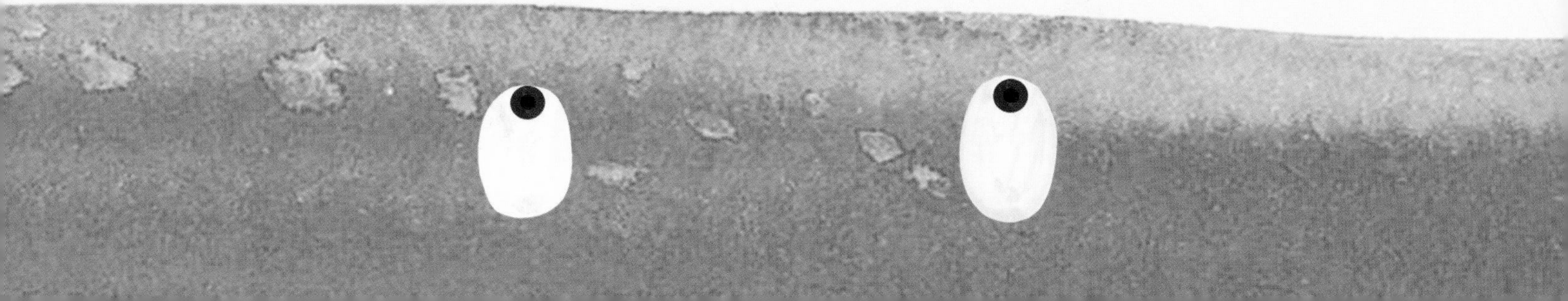

“딱따구리!”

아파트 앞 커다란 나무에
딱따구리 집을 달았어요.

나무 아래서 사람들은
정답게 이야기를 나눴지요.

"새로 이사 온 지후네예요."

"안녕하세요. 민서, 현우 엄마예요."

엘리베이터에서 만나면 모두 반갑게 인사를 해요.

"민서 안녕?"

"안녕하세요!"

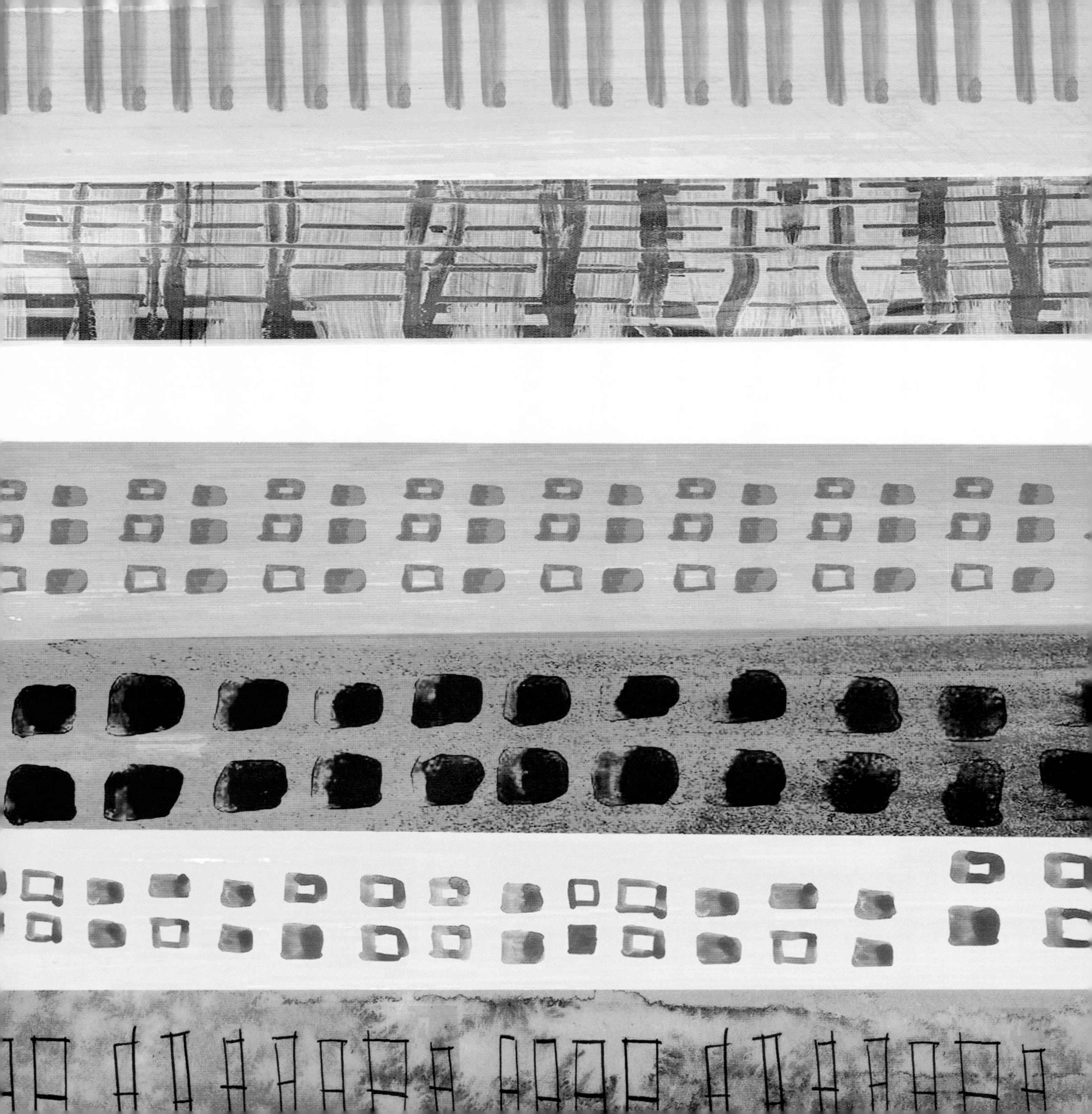

여기는 사람이 아주 많이 사는 아파트예요.

생각 톡

★ 이웃을 만나요

우리 가족이 사는 집 가까이 사는 사람들을 '이웃'이라고 불러요. 여러분은 집 주변에서 어떤 사람을 만났나요? 이웃에 어떤 사람들이 살고 있는지 알아보세요.

★ 정다운 이웃

어디서 이웃을 만날 수 있을까요? 이사 오는 날 떡을 나누어 주면서 이웃을 처음 만나게 되지요. 매일 오가는 엘리베이터나 골목길에서도 이웃을 마주쳐요. 동네 청소를 하는 날 함께 쓰레기를 치우며 이웃과 인사를 하기도 합니다. 분리수거를 하거나 반상회를 할 때 이웃과 어울리지요. 마을 잔치가 열리면 이웃이 모두 모여 인사를 나눕니다. 놀이터에서 이웃 친구를 사귀게 되기도 하지요. 이렇게 이웃은 가까이 살면서 우리 생활과 밀접하게 관계가 있는 사람들이에요.

★ 이웃 간의 예절

요즘은 이웃 사이가 옛날보다 멀어졌지요. 그래서 이웃과 마주쳐도 서로 인사를 나누지 않는 경우도 많아요. 하지만 이웃끼리 인사를 나누며 반가움을 표시하면 이웃과 좀 더 친하게 지낼 수 있어요. 이웃 간의 예절을 더 알아볼까요?

우리 집에 이웃이 찾아왔을 때

• 웃는 모습으로 반갑게 인사해요.
• 부모님과 말씀하실 때는 방해되지 않게 해요.

새로운 이웃이 이사 왔을 때

• '저는 누구입니다.'라고 먼저 인사해요.
• 우체국이나 가게 등을 물어보시면 친절하게 알려 드려요.

길에서 이웃과 마주쳤을 때

• "안녕하세요?" 하고 공손하게 먼저 인사해요.

★ 서로 지켜요

이웃과 지내다 보면 서로 피해를 주고받는 경우가 있어요. 한밤중에 위층에서 시끄럽게 해서 잠을 잘 수 없거나, 이웃이 잘못 버린 쓰레기가 냄새를 피우는 경우도 있지요. 이웃에게 피해를 주는 행동에는 어떤 것이 있을까요? 이웃에게 피해를 주지 않기 위해서 서로 지켜야 할 예절을 알아봐요.

가까이 살기 때문에 이웃 사이에는 특히 소음에 주의해야 해요. 밤늦게 거실을 뛰어다닌다거나 텔레비전을 큰 소리로 켜 놓거나 피아노를 치며 노래를 부른다면 이웃에게 피해를 주겠지요? 쓰레기는 꼭 분리해서 내놓고 애완동물의 배설물도 잘 처리해 냄새를 줄여야 서로 불쾌해지는 일이 없답니다. 내가 먼저 좋은 이웃이 될 수 있도록 이웃 사이의 예절을 꼭 지키도록 해요.

★ 이웃과 더불어 사는 모습

누구도 혼자서 살아갈 수 없지요. 가까이 사는 이웃끼리 서로 도우며 살아가야 해요. 우리 사회는 더불어 살아가는 사회니까요. 태풍 때문에 마을이 엉망이 되었다면 모두 힘을 합쳐서 복구를 하지요. 눈이 많이 와서 사람과 차가 다니기 힘들어지면 함께 눈을 치워요. 어버이날이나 연말이 되면 혼자 사는 노인들을 위해서 마을에서 잔치를 열고 함께 음식을 나누어 먹기도 해요. 모두 이웃과 더불어 협력해서 살아가는 모습들이에요.

우리는 어떻게 실천할 수 있을까요? 놀이터에서 놀 때 다른 아이들과 사이좋게 놀아요. 또 작아져서 못 입는 옷을 이웃 동생에게 물려줄 수도 있지요. 비오는 날 우산을 가지고 오지 못한 친구와 우산을 함께 쓰는 것도 더불어 살아가기 위한 작은 행동이랍니다.

아파트

글 고상한 그림책 연구소 | **그림** 명진
펴낸날 2022년 2월 15일 개정판 1쇄
펴낸이 김상수 | **기획 · 편집** 이성령, 권정화, 조유진 | **디자인** 문정선, 조은영 | **영업 · 마케팅** 황형석, 임혜은
펴낸곳 루크하우스 | **주소** 서울시 서초구 사임당로 50 해양빌딩 504호 | **전화** 02)468-5057 | **팩스** 02)468-5051
출판등록 2010년 12월 15일 제2010-59호

www.lukhouse.com
cafe.naver.com/lukhouse

© (주)루크하우스, 명진
저작권자의 동의 없이 무단 복제 및 전재를 금합니다.

ISBN 979-11-5568-507-5 64800
ISBN 979-11-5568-497-9 (세트)

※ 잘못된 책은 구입처에서 바꾸어 드립니다.
※ 값은 뒤표지에 있습니다.

상상의집